目錄

前言

　　雖然現今香港社會大部分人已適應接受西醫診療的方法，但總不會對中醫治療感到陌生。一般而言，我們都有種固定印象，認為「西醫治標，中醫治本」。這所言非虛，因為中醫強調的就是「固本培元」、「治未病」。

　　中醫藥文化無庸置疑是中國傳統文化的智慧結晶，從神農試百草、伏羲製九針的傳說，乃至現存最古老的典籍《黃帝內經》闡述了天人合一、順應四時的思想，充分說明古人對於大自然規律的掌握，以整全的中醫藥理論為指導原則，採用動物、植物及礦物為藥引，配製成湯、膏、丸、散等各種劑型，來治療身體疾病，達致延續人類生命的目標。必須特別一提的是，中醫的一些應用與實踐也是非物質文化遺產的一部分。香港首份「非物質文化遺產清單」中「有關自然界和宇宙的知識和實踐」的類別中，第4.1.1便是「涼茶」，而且它更於2006年獲列入首批「國家級非物質文化遺產代表性項目名錄」及2017年「香港非物質文化遺產代表作名錄」之中。至於「跌打」，同樣於2014年列入清單之中，編號為4.1.3。

　　無論作為一種醫療手段，還是作為非物質文化遺產，中醫藥都扮演着一個重要且關鍵角色。然而，不少青少年卻對中醫藥缺乏足夠的認識。年青一代對於中醫藥印象往往是「古舊」，中草藥名字也是晦澀難懂的。事實上中草藥繁多，每種藥物都有各自特性，用詞用語也不易明白，像「相生相剋」、「升降浮沉」、「七情」、「藥性歸經」等。

　　有鑑於此，我們(葉德平會長、李鈞杰副會長)特意向香港非物質文化遺產辦事處申請了這一個研究與推廣計劃。我們期望通過40團社區考察團，以及一本老少咸宜的親子中草藥繪本，一方面打破傳統中藥固有刻板之形象，另一方面也為鳳毛麟角的中醫藥繪本狀況添枝加葉。我們相信這些人格化的中草藥漫畫角色，可以切合現代年輕人喜愛動漫的興趣。同時，繪本的故事主軸是以家庭日常生活為核心，可以說是你我他都會經歷的日常。閱讀從來都是快樂的事，我們希望爸爸媽媽可以在晚上拿著這本繪本，與自己小孩子一起閱讀，通過愉快的交流，促進親子的關係。另外，為了讓有興趣的孩子可以進行延伸學習，本書還配有內容豐富的涼茶及跌打知識連結，他們只須用手機掃瞄二維碼，便可以看到由專業中醫師的解說視頻。視頻內容深入淺出，合共14項約3分鐘，內容包括了涼茶及跌打的成效、使用方法、飲用禁忌等基本特點。除可為親子教育作延伸閱讀外，亦充分地展現兩者在非遺文化裡的內涵與外延，同時也展示中醫藥文化博大精深的魅力。

　　另外，在此我們想藉機特別向幾個單位、幾個朋友道謝，他們包括了（排名不別先後）：醫道惠民醫館創辦人黃天賜醫師、香港中醫藥管理委員會中醫組前主席黃傑醫師和香港中醫骨傷學會理事長楊卓明醫師、香港中藥學會創會會長徐錦全博士、香港中文大學專業進修學院譚嘉明先生、香港道教文化學會副會長樊智偉先生、吳思謂小姐、鍾浩文先生、黃穎晞小姐、鄧栢軒先生、實習學生李啟駿同學。同時，亦鳴謝香港中藥學會、香港本草醫藥學會、香港中醫骨傷學會及醫道惠民作為支持單位。全賴諸位同心同德，我們的研究計劃才能順利完成。我們相信您讀完這本繪本，一定會感受中醫作為國粹的博大精深，一定會為古人的聰慧睿智而動容，並且為燦爛的中華文明而心生一分自豪感！

香港歷史文化研究會

會長　葉德平博士

副會長　李鈞杰博士

2023 年 6 月 30 日

序言

　　中醫藥是中華文化的重要組成部分，中醫藥理論對天、地、人的生命看法，構成中華民族健康和生活的獨特體系，對預防和治療疾病起到重要作用，為人們健康作出巨大的貢獻。自九七回歸後，香港中醫藥發展進入了新紀元時代，由過去「生草藥販賣者」成為今日政府註冊的中醫師；中藥(包括中成藥)逐步得到有效管理和納入註冊制度，近年更喜聞涼茶和跌打兩個項目被列入非物質文化遺產相關項目之列。有見及此，向香港年輕一代推廣中醫藥文化「正藥正用」，實屬當前最佳時機！

　　目前坊間有關中醫藥文化書類，一般針對成人大眾，很少觸及青少年一代閱讀需要。從認識疾病，如何應用對健康和中醫藥文化的思考，需要從「接觸文化、感受文化、認同文化」入手。《身邊中藥朋友動起來》以繪本形式面世，正好聚焦到新生代的閱讀習慣：生動圖片故事導入，配上簡明通俗的手法傳遞中醫藥文化知識，讓小朋友和家長都可以一同享受閱讀樂趣。書中更特別利用 QR Code (二維碼) 連結涼茶和跌打中醫藥小知識短片，方便親子閱讀教育。文字、圖片和影像立體化閱讀傳授中醫藥文化，更能迎合新生代喜好，開啟新生代中醫藥文化推廣的新篇。

　　可見未來「大健康」的新時代，如要做到普及推廣中醫藥文化，我們必須由認識到認同，接觸到感受，才能培養起未來新生代對中醫藥文化的認同。中醫藥文化最重要從教育入手，抓緊兒童成長階段，播下文化傳承的種子。葉德平和李鈞杰兩位年輕學者年富力強，學有專精，推動中醫藥文化不遺餘力，他們聯手策劃這本《身邊中藥朋友動起來》，對推動中醫藥文化教育助力意義重大，在此誠意推薦給家長和少年朋友。

香港中藥學會創會會長

徐錦全博士

五花茶

不用啦，我帶他去找「神奇的醫生」就行了。

什麼樣的醫生？

跟我來不就知道了。

涼茶舖

（悄悄話）

五花茶

好奇怪的顏色和味道，可以不喝嗎？

試試吧！

嘩！喝完後我的喉嚨不痛了！

五花茶科普

大家一起來猜一下！

－猜猜看－

以下到底哪五種花是五花茶常採用的中藥材？

A. 木棉花 　　 E. 雞蛋花

B. 槐花 　　　 F. 佛手花

C. 杭白菊 　　 G. 扁豆花

D. 金銀花 　　 H. 鳳仙花

五花茶沒有固定的配方，但坊間常見的五花茶湯藥包或五花茶涼茶飲品最常用的中草藥就是這幾味。

木棉花

杭白菊

雞蛋花

金銀花

槐花

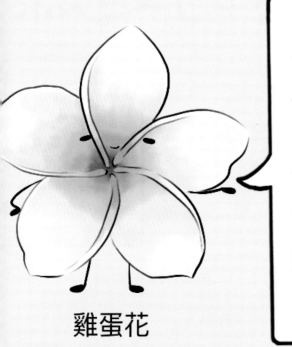

雞蛋花

我是熱帶和亞熱帶常見的觀賞性植物，綻放時花香四溢。我不僅有觀賞作用。經過晾曬後我還可以入藥，是一味常見的涼茶材料，有清熱祛濕，潤肺解毒的功效。

我是木棉樹的花，在香港常見，每年3-4月花期盛開的時候一片通紅，像極了一串串紅燈籠。而且我的花具藥用價值，有清熱、利濕、解毒的功效。

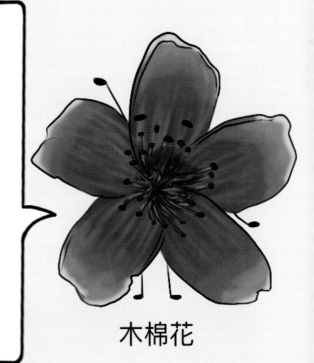

木棉花

掃描這裡了解更多涼茶小知識！

涼茶在香港的起源

涼茶以中草藥烹煮而成。此飲品在嶺南地區流行，而香港地鄰廣東，氣候與飲食相近，於是涼茶自然而然的成為香港飲食文化的一部分。

嶺南地區

因為嶺南地處亞熱帶，春夏多雨。夏季暑濕相挾。這種水土的特性令人易受濕邪入侵，溫病所果，而涼茶正具有清熱解暑，舒緩熱病症狀的保健功效。

早期華人有身體不適，因生活拮据會向中醫藥館取方或到涼茶舖購買對症的中藥。香港開埠初年病疫十分流行，遂引起華人對強身健體的重視，飲涼茶就成為了治病或日常保健的選擇。

當時華人聚集的居住區域，環境衛生極差，床底下可能會養家禽。

當時飲涼茶成了一種風氣，人們需要治病或是日常保健、養生的選擇。例如染上傷風感冒等這一類的輕症，人們會選擇到附近的涼茶鋪購買涼茶。

當時涼茶鋪會有中醫師駐店，以便提供對症下藥的涼茶，而其價錢低廉且方便。

掃描這裡了解更多涼茶小知識！

夏枯草

今天氣溫突破 35 度，媽媽帶著兒子和女兒到海洋公園玩耍，在結束後他們都大汗淋漓。

35°c

頭好痛呀。

好熱呀！

土多

夏枯草
$7/枝

它的氣味和顏色都好奇怪啊！

媽媽，這是什麼？夏枯草?真的可以喝嗎？

我是夏枯草，草如其名。

我跟一般的草本植物不一樣，個性獨特，適應力強，能在惡劣的環境中生長。

普通的植物都是在春天發芽生長，個性獨特的我偏偏在冬天生長，到夏末的時候就全株枯萎。這也是我名字的由來。

歷史小故事

涼茶是香港常見的中式飲料，累積了悠久的民間智慧和經驗而成。若身體出現小毛病，貧苦大眾通常會先飲涼茶緩和病徵，嘗試靠自身的復原能力去除疾病。

一碗夏枯草，謝謝！

咳…咳咳…

大夫，我如何呀？

唔…

若病情沒有緩解，便會到有中醫師駐店的涼茶舖或中藥舖求診。

20 世紀五六十年代，涼茶舖逐步成為「涼茶 cafe」有些甚至營業至凌晨，是市民休閒聽曲閒聊的聚腳地方。

六七十年代，涼茶舖會緊貼潮流，用收音機播放流行音樂、英文頻道，又會裝上電視機，售賣小食，例如咖哩魚蛋、茶葉蛋、啫喱等，是揉合平民醫館及休閒娛樂的多功能場所。

掃描這裡了解更多涼茶小知識！

龜苓膏

爺爺，我喉嚨好痛，覺得有些不舒服。

妹妹乖，食了這個啫喱，便能緩解你的不適喲！

嗚，好苦呀！

現在媽媽幫你加了蜂蜜，你再嚐嚐看？

嗯！加了蜂蜜後甜甜的，真好吃！

我為什麼叫龜苓膏，主要是因為我的成份中含有龜板與土茯苓。龜苓膏的成份涵蓋了植物藥及動物藥，成份複雜。

其中包括：

土茯苓

白鮮皮

龜板

金銀花

荊芥

生地薑

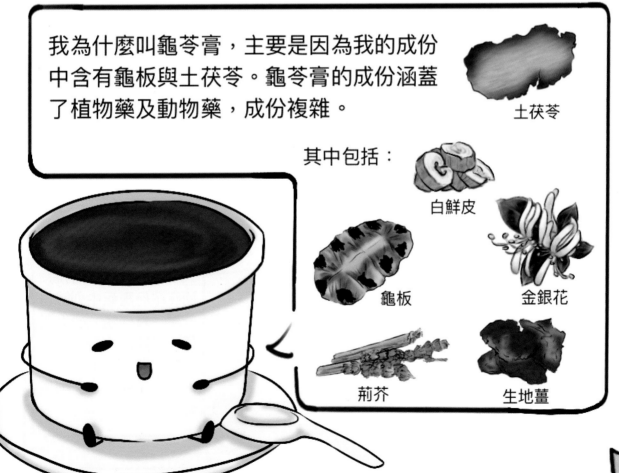

涼茶的歷史與發展

在香港開埠初期，當時華人被「賣豬仔」到美國、澳洲等地謀生。

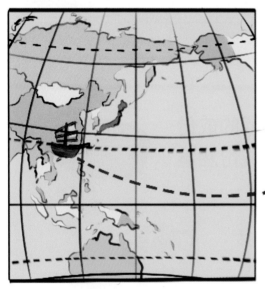

船上環境艱苦，涼茶成為這些「豬仔船」上的必備品。

1869年，港英政府時期在政府憲報中列明每一艘「豬仔船」船上要備有廿四味的中草藥，且詳列需按船上人數比例備用草藥量，否則便屬違法。

掃描這裡了解更多涼茶小知識！

涼茶大翻身，從瓷碗、執涼茶包，
發展到以獨立包裝進入連鎖士多，
成為年輕一代青睞的選擇。

2006年，涼茶經中華人民
共和國國務院批准，被列入
第一批國家級非物質文化遺
產名錄。

扭傷

今天爺爺在公園打太極，沒有注意到腳下的石頭。

啊！

啊！爺爺你沒事吧？

爺爺沒事，只是有小小扭傷啦。

發炎

腳踝腫脹

跌打館

註冊中醫

爺爺，這是什麼地方？

這是中醫的骨傷科，在沒有西醫之前，傷筋動骨都是看跌打館。

咦～好臭呀，醫師把甚麼東西抹在爺爺的腳上？

哦～

這是中藥材製成的藥膏！適用於急性扭傷的患處，含有活血化瘀，消腫止痛的功效。因為是中草藥熬製，所以會有草藥味。

跌打的歷史故事

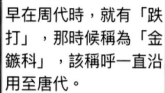

早在周代時，就有「跌打」，那時候稱為「金鏃科」，該稱呼一直沿用至唐代。

大夫大夫，我昨日扭傷了腳踝，可否幫我看一看？

嗯。讓我看看。

至五代十國和宋代時，便改成為「正骨科」這個稱呼被沿用至清代，民間通俗稱「跌打傷科」。

正骨科 → 跌打傷科

跌打

在廣東地區，多用廣東話稱呼為「跌打」

掃描這裡了解更多跌打小知識！

隨着時代變遷，至今每逢要去看跌傷都會喚為「看跌打」。

舊時香港的武館旁常會設立「跌打館」。

藥油

爺爺在腳踝逐漸康復後，又去到公園打太極。

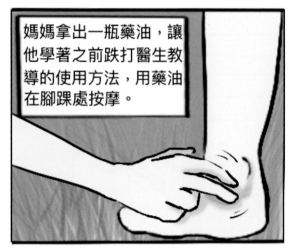

媽媽拿出一瓶藥油，讓他學著之前跌打醫生教導的使用方法，用藥油在腳踝處按摩。

媽媽，爺爺擦的這是什麼？

這是藥油，裡面含有薄荷腦和樟腦等中藥材！

陰雨天爺爺的腳踝仍然會隱隱作痛，跌打醫生囑咐在打太極前，在受過傷的位置使用藥油推拿，可促進血液循環，避免運動中再受傷。

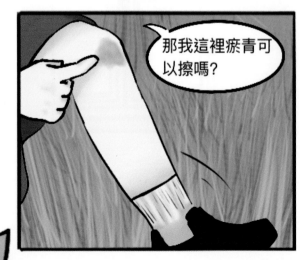

那我這裡瘀青可以擦嗎？

當然可以啦！

用藥油按摩傷患處把瘀血推散，有助促進血液循環，達到消腫，消炎和鎮痛的療效。

薄荷腦是從薄荷的葉和莖中所提取，薄荷腦氣味清新，具止痕、抗炎、鎮痛、通鼻塞等作用。

樟腦用途很廣，可以作為香料、防蟲、防腐及醫藥用的止痛劑。工業上可用來做火藥。

在中醫記載上可追溯到明代李時珍著《本草綱目》的記載：「樟腦出韶州、漳州，狀似龍腦，色白如雪，樟樹脂膏也。」樟腦外用具有除濕殺蟲和止癢止痛等功效。

一些香港傳統藥油便是由水楊酸甲酯Methyl salicylatte提取的冬青油（有止痛作用）、薄荷腦Menthol（清涼感覺和香味）和樟腦Camphoor（有輕微麻醉功效）組成。

針灸

哈哈哈，這兩種是不同的。

針灸是一種中醫的治療方式，其實它是針法與灸法的合稱。針法就跟打疫苗不同。人的身上有許多的穴位，被針刺的人在施針過程中或只會在一瞬間有一種被蚊叮的感覺剎那的刺痛，在針入人體後，因應個人的體質和症狀，有些人或會有酸、麻、脹、痺的感覺，也有人是沒有什麼感覺的。而灸法是指利用藥物燃燒的熱力和空氣對流的原理達到刺激穴位或傷患處的治療方法，常見灸法有艾灸。

嗯！果然還是媽媽煮的早餐好吃！

嗯！嗯！

拔罐

今天爺爺帶城城去游泳池游泳。

爺爺，那個叔叔身上有很多紅色圈圈，他是受傷了嗎？

還記得之前我打太極時扭傷去看跌打師傅嗎?跌打治療的方法很多，並非只有敷藥，有一些醫師會用拔罐協助治療。

原來如此，我明白了！原來跌打的內容這麼多元化。

「拔罐」乃中醫傳統技術，「拔罐」是以「罐」為工具，醫者利用燃火原理排除罐內空氣，產生負壓讓罐吸附在指定穴位，吸力造成皮膚局部皮下充血，達到疏通經絡的治病效果。

疏通經絡穴位，可以深入經筋皮部，除經絡內致病邪氣。此外，有助氣血暢通，改善局部血液循環，筋膜關節得到放鬆，最後起到治療疾病的效果。

骨折

城城與家人爬山，和妹妹四處打鬧，看不到請勿在此嬉戲的指示牌。

請勿在此嬉戲

不要在這裡玩耍！小心跌倒！

啊！

啊！爺爺！我的腿好痛呀，根本站不起來！

啊，來乖乖張嘴把藥吃了。

哇，好苦好難喝呀！

俗諺說「傷筋動骨一百天」，骨胳受傷，一般需要休養數月。「傷筋」根據現代醫學可理解為肌肉、韌帶、肌腱之類的軟組織。跌打損傷有「外傷」與「內傷」，治傷之道「重在理筋」。例如中醫理論認為香蕉屬於寒涼凝滯性的食物，此時不要吃太多。因為寒涼食物會影響經絡氣血運行不暢，可能導致血腫形成。正所謂「不通則痛，通則不痛」，養肌就是要讓患處得到充休息，氣血暢通後自然痛楚消除。

跌打的歷史

20世紀六十至八十年代的香港跌打館多建於武館旁，當時亦有不少病人求診。

醫師我有點不舒服。

讓我看看。

過去中醫培訓只可以靠祖傳和追隨老師學習，1999年立法會通過了《中醫藥條例》，該條例訂定了全面的中醫註冊制度，確立了中醫在港的法定地位和重要性。

《中醫藥條例》
(香港法例第549條)
所有欲在本港執業中醫的人士，均必須先向管委會轄下的中醫組申請中醫註冊，獲批准後方可執業。
1999年7月

中醫業的發展開始有了轉變，越來越規範化，中醫業就此逐步走上專業化的道路，令到香港市民對中醫更具信心。

現在香港街邊常見的中醫館、跌打館、骨傷科等。

根據政府《中醫藥條例》的資料：
香港中醫館只有註冊中醫可以開設醫館執；註冊中醫的名銜如下：

（註冊中醫和表列中醫的分別）

註冊中醫可自稱為：

「香港中醫藥管理委員會註冊中醫師」

「香港中醫藥管理委員會註冊中醫」

（註：註冊中醫師亦可在以上名銜後加「全科」、「針灸」或「骨傷」等）

表列中醫可自稱為：

「中醫師」

「中醫」

瀏覽香港中醫藥管理委員會的網頁，網扯是www.cmchk.org.hk

【身邊中藥材朋友動起來】

監　　製：李鈞杰
主　　編：葉德平
編輯助理及文本創作：吳思謂
繪 畫 師：洛狐
攝影總監：譚嘉明
攝 影 師：鍾浩文
顧　　問：黃天賜教授　醫道惠民創辦人
　　　　　黃傑醫師　　前香港中醫藥管理委員會中醫組主席
　　　　　徐錦全會長　香港中藥學會創會會長
法律顧問：陳煦堂　律師

出　　版：初文出版社有限公司　聯乘　菁藍文化
資　　助：非物質文化遺產資助計劃
印　　刷：陽光印刷製本廠

發　　行：香港聯合書刊物流有限公司
　　　　　香港新界荃灣德士古道 220-248 號
　　　　　荃灣工業中心 16 樓
　　　　　電話 (852) 2150-2100　傳真 (852) 2407-3062
臺灣總經銷：貿騰發賣股份有限公司
　　　　　電話：886-2-82275988　傳真：886-2-82275989
　　　　　網址：www.namode.com

版　　次：2023 年 9 月初版
國際書號：978-988-76892-8-7
定　　價：港幣 100 元　新臺幣 408 元

Published and printed in Hong Kong

香港印刷及出版

特別鳴謝